LES

BLANCS ET LES NOIRS

EN AMÉRIQUE

ET LE COTON

DANS LES DEUX MONDES,

PAR L'AUTEUR DE

LA PAIX EN EUROPE PAR L'ALLIANCE ANGLO-FRANÇAISE

PARIS,
CHEZ DENTU, LIBRAIRE,
Palais-Royal, 13, galerie d'Orléans.

LONDRES,
CHEZ BARTHÈS ET LOWELL, LIBRAIRES
14, Great Marlborough street.

1862

LES

BLANCS ET LES NOIRS

EN AMÉRIQUE

ET LE COTON

DANS LES DEUX MONDES,

PAR L'AUTEUR DE

LA PAIX EN EUROPE PAR L'ALLIANCE ANGLO-FRANÇAISE.

PARIS,
CHEZ DENTU, LIBRAIRE,
Palais-Royal, 13, galerie d'Orléans.

LONDRES,
CHEZ BARTHÈS ET LOWELL, LIBRAIRES
14, Great Marlborough street.

1862

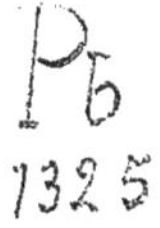

A JOHN STUART MILL.

Paris, 6 janvier 1862.

Très-cher et honoré monsieur Mill,

Permettez à un adepte de l'école du progrès pacifique, qui a eu le bonheur d'obtenir votre bienveillante approbation pour ses humbles travaux, de vous dédier cette Étude de la question américaine, que vous l'avez encouragé à publier.

Si les idées économiques, politiques et philosophiques, exposées dans cet écrit, sont propres à produire un effet utile, ainsi que j'ose l'espérer depuis votre appréciation favorable, vous ne trouverez pas mauvais, cher Monsieur, que je cherche à les mettre en circulation sous les auspices du plus éminent économiste, publiciste et philosophe de notre époque.

Dans la haute sphère intellectuelle où vous vous êtes placé, appelé à opérer la fusion des esprits sérieux chez les deux grandes nations occidentales, et ne pouvant, malgré votre extrême modestie, refuser le titre d'un des premiers et plus sûrs guides de la civilisation moderne, vous ne dédaignerez pas, je m'en flatte, de patronner, par l'acceptation de cette dédicace, l'œuvre consciencieuse d'un sincère admirateur de vos grands travaux, et qui s'estimerait trop heureux de pouvoir vulgariser et populariser quelques-unes de vos hautes pensées.

Agréez, etc.

L'auteur de l'Essai intitulé :

Les Blancs et les Noirs en Amérique, et le Coton dans les deux mondes.

St-V., 8 janvier 1862.

Mon cher Monsieur,

Je ne saurais être que très-flatté du désir que vous me témoignez dans la lettre que je viens de recevoir de votre part, et quoique je n'aime pas ordinairement à accepter les dédicaces, je fais très-volontiers exception dans ce cas-ci, en considération du sujet et de la personne.

Agréez, etc.

Signé : J.-S. Mill.

LES BLANCS ET LES NOIRS EN AMÉRIQUE ET LE COTON DANS LES DEUX MONDES.

Voici déjà un an qu'a éclaté, entre les États du Sud et les États du Nord de l'Amérique septentrionale, ce conflit, depuis si longtemps jugé inévitable et d'une si haute importance pour les deux mondes !... Car à sa solution se rattachent des intérêts non-seulement américains, mais européens, et surtout des principes qui s'appliquent à l'humanité entière.

En première ligne est posée la question morale de l'esclavage des Noirs ;

Puis, la question du gouvernement de la Démocratie ;

Enfin, la question économique de la production du coton.

Pour pouvoir sainement apprécier la situation, il convient de tenir compte de ces divers aspects du conflit américain. — C'est ce que nous allons essayer aussi brièvement que possible, c'est-à-dire sans chercher à reproduire ici les détails diversement exposés depuis un an par maint publiciste ou écrivain considérable, et même sans accompagner de longs développements les idées que nous croyons utile d'ajouter à celles qui sont déjà en circulation sur cette importante matière.

Le public est suffisamment renseigné pour pouvoir juger de la valeur de nos conclusions, et, du reste, les événements ne tarderont probablement pas de les confirmer ou de les démentir.

Nous diviserons cette étude en trois parties:

1° Question humanitaire (nous entendons par ce mot: qui intéresse l'humanité entière); 2° Question politique; 3° Question économique.

I

QUESTION HUMANITAIRE.

1. Sur l'institution de l'esclavage, tout a été dit depuis la fin du siècle dernier, en Angleterre par l'école philosophique et politique qui remonte à 1688, en France par celle de 1789.

Ces deux écoles, dont la fusion est aujourd'hui si avancée (pour le bonheur de l'humanité), travaillèrent d'abord isolément, mais avec une égale ardeur, à la propagation et à l'application de ce principe sacré de la *fraternité humaine*, proclamé, il y a dix-huit siècles, par le grand Jésus, et qui a enfin prévalu sous le nom de Philanthropie, après avoir été méconnu, parfois même combattu, par maintes Églises soi-disant chrétiennes, trop souvent oublieuses de la vraie doctrine de celui qu'elles appellent leur divin Maître !...

A peine les deux grandes nations occidentales eurent-elles déposé les armes, en 1815, qu'elles se rapprochèrent par ce noble traité pour la suppression de la traite des nègres, auquel adhérèrent successivement toutes les autres nations du monde civilisé.

Plus tard, en 1834, l'Angleterre consacra une somme de 500 millions de francs à l'abolition de l'esclavage dans ses colonies ; et la France à son tour, en 1848, appliqua au même progrès (sur une moindre échelle) une somme de 126 millions. — Aujourd'hui, cette odieuse institution n'existe plus, au profit d'une puissance européenne, que dans les colonies espagnoles, où sans doute elle ne tardera pas d'être abolie, à l'exemple et par l'influence des deux grands alliés occidentaux.

Cette influence, quoique indirectement exercée, a déjà produit ou concouru à produire un magnifique résultat en Europe : l'affranchissement des serfs russes. Sans prétendre amoindrir le mérite de l'empereur Alexandre II, qui a proclamé cette grande mesure, il est permis de penser qu'elle eût été ajournée à une autre génération, si ce n'est à un autre siècle, sans le noble exemple donné par l'Angleterre et la France. En effet, du moment où l'esclavage était flétri et supprimé pour la race noire, il était évident qu'il ne pouvait être maintenant nulle part pour la race blanche.

2. Cependant, il a subsisté à l'égard des Noirs dans les États du Sud de l'Amérique septentrionale, et d'abord sous prétexte de nécessité, en raison du climat, qui ne permettrait pas aux Blancs de se livrer à la culture du sol ; puis, les planteurs de cette région ont osé invoquer, à l'appui de leur infâme exploitation de l'homme par l'homme, des textes bibliques qui, suivant eux, condamnent la race de Cham à servir celle de Japhet.

La presse européenne, en réfutant cette scandaleuse doctrine et flétrissant ce fait révoltant, n'a pas épargné ses reproches aux États du Nord, qui les toléraient, sans tenir compte à la masse de cette grande nation des motifs qui pouvaient expliquer, et jusqu'à un certain point excuser cette tolérance, ni des preuves qu'elle a fournies, dès longtemps, de sa sincère répulsion pour le vice et le crime dont on la prétendait solidaire.

Le fait est que l'esclavage des Noirs ne fut pas institué par la République américaine, mais maintenu à regret dans sa constitution, comme un héritage de la monarchie dont les États émancipés secouaient le joug, sans pouvoir en effacer immédiatement toutes les souillures.

Et si le vœu exprimé par les Constituants, de la suppression graduelle d'une institution honteuse et funeste pour le nouvel état social, n'a pas été pleinement exaucé, on ne doit pourtant pas oublier que l'esclavage fut successivement aboli, et sans indemnité, dans la plupart des États et parmi les populations les plus nombreuses de la République américaine.

A la vérité, les États qui ont renoncé à cet odieux privilége ont pu se défaire préalablement de leurs Noirs en les vendant aux États dans lesquels l'esclavage était maintenu ; mais, en définitive, il est resté dans les États libres un nombre de Noirs ou mulâtres affranchis, au moins aussi considérable que le total des gens de couleur libérés par l'Angleterre et la France dans leurs colonies, ensemble au prix de 626 *millions de francs*, payés aux colons à titre d'indemnité. Les

Américains peuvent donc se faire honneur d'avoir spontanément sacrifié une somme équivalente, et d'avoir rendu gratuitement un pareil nombre d'hommes à la liberté.

On a encore reproché aux États du Nord d'avoir conservé le préjugé de la couleur, et d'exclure de leur fréquentation les gens de couleur affranchis, qu'ils n'excluaient pas de leur territoire. Sans vouloir défendre ce préjugé, nous ferons observer qu'il s'explique principalement par le défaut d'éducation des malheureux récemment admis à l'usage de leurs droits naturels et au libre développement de leurs facultés. Ce n'est qu'après quelques générations que s'effacera, chez les uns, l'empreinte héréditaire de plusieurs siècles d'abrutissement; chez les autres, le souvenir traditionnel du mépris répulsif du maître pour l'esclave.

3. En effet, le jugement de la civilisation sur l'esclavage peut se résumer ainsi : Cette institution dégrade le maître, en même temps qu'elle abrutit l'esclave.

Au point de vue religieux ou philosophique, quiconque adore ou vénère Jésus-Christ doit tenir compte de son principe fondamental : « Tous les hommes sont « frères et égaux devant Dieu, » plutôt que de tel passage des livres réputés saints, qui serait en flagrante contradiction avec la doctrine du Maître.

Et au point de vue physiologique, nous nous référons, sur « l'unité de l'espèce humaine, » à la récente publication de M. de Quatrefages, où cette question scientifique se trouve affirmativement résolue d'une manière irréfutable.

Ce n'est pas que nous supposions, ni que l'éminent académicien ait prétendu établir que toutes les races et variétés de l'espèce humaine soient égales entre elles en facultés ou aptitudes physiques, intellectuelles ou morales. — Nul ne conteste que, sous ces divers rapports, la race noire, les peaux-rouges, la race olivâtre ou cuivrée, la race jaune même, ne soient inférieures à la race blanche ; mais toutes ces races sont certainement perfectibles, et leur infériorité actuelle, à quelque cause qu'on l'attribue, n'empêche pas le naturaliste de reconnaître que toutes sont issues d'une même souche, ainsi que la race blanche elle-même. D'où la conclusion : qu'au lieu de les maintenir violemment dans cet état d'infériorité, le devoir de la race la plus civilisée est de s'efforcer, par tous les moyens que suggère l'intelligence et qu'approuve la morale, de les ramener graduellement au niveau du type humain le plus perfectionné, de manière à rétablir un jour, chez les diverses populations du globe, cette unité que la science découvre à leur origine, cette *équivalence*, but du grand programme de la fraternité universelle, sur lequel se trouvent heureusement d'accord la science et la foi, lorsqu'elles promettent l'une et l'autre « de faire le tour du monde. »

4. Ces considérations nous amènent à un aspect de la question de l'esclavage des Noirs, que nous osons présenter comme le plus important, et que nous ne

prétendons pas avoir découvert, mais qui, à notre connaissance, n'a pas été jusqu'à présent exposé dans les livres, journaux ou revues; et c'est là surtout ce qui nous a déterminé à publier le présent écrit.

La population totale du globe est évaluée de 1 milliard à 1,100 millions d'hommes.

Sur ce chiffre, la race blanche répandue dans les cinq parties du monde, notamment en Europe, en Asie et en Amérique, figure comme la plus nombreuse, sans atteindre à la moitié; mais la portion la plus civilisée de cette race, la chrétienté, ne compte que pour 260 millions, soit environ le quart du total général.

C'est pourtant à cette minorité qu'incombe la tâche immense d'élever d'abord à son *niveau de civilisation* le reste des populations de même race ou couleur; ensuite, d'en rapprocher les autres races diversement colorées, en les améliorant graduellement, ainsi qu'il a été dit plus haut, jusqu'à les ramener au type supérieur, et à les rendre accessibles au même perfectionnement accéléré, susceptibles du même degré de civilisation.

Or, ces races déchues plus ou moins du type primitif sont:

La race jaune, qui compte environ 450 millions, soit deux cinquièmes du total;

La race noire, évaluée à près de 70 millions, soit un quinzième;

La race cuivrée, évaluée à 35 millions, soit un trentième;

La race rouge, enfin, qui n'est que de 11 millions, soit un centième.

Ensemble 5 à 600 millions à réformer par 4 à 500 millions, ou plutôt 800 millions à civiliser par 260 millions.

La première partie de l'œuvre qui vient d'être tracée, c'est-à-dire l'éducation des peuples non chrétiens, mais de race blanche, est très-avancée sur la seule nation juive, qui ne compte que 5 millions épars en Europe. Cette œuvre a été depuis peu commencée sur les populations musulmanes dans l'empire ottoman, en Perse et en Algérie. Dans l'Indoustan, elle n'est encore qu'en projet. En somme, c'est là une des tendances du siècle. — Et quant à l'autre partie de cette tâche, le perfectionnement des races inférieures ou de couleur, c'est à peine si on peut signaler quelques tentatives ou essais accidentels.

En effet, l'amélioration physique de ces diverses races (comme celle des races animales) ne peut être obtenue que par le *croisement*. Or, ce moyen est lent et ne doit être employé qu'avec réserve et discernement ; car, dans l'alliance de deux races inégales, si l'inférieure s'ennoblit, par contre le type supérieur s'abâtardit.

Il est donc du plus haut intérêt, pour l'avenir de l'humanité et la meilleure exploitation du globe, que la race reconnue supérieure par ses aptitudes morales, scientifiques, artistiques et industrielles, se multiplie et se répande aussi rapidement que possible sur toute la surface du globe; au contraire, que les races inférieures s'y développent de moins en moins dans leur pureté (ou impureté) actuelle.

5. Ce n'est pas ici le lieu de développer plus amplement cette théorie ou ce programme humanitaire; il suffira, sans doute, de ce qui vient d'être dit pour éveiller l'attention sur sa haute signification.

Lorsqu'il s'agit d'animaux que l'homme élève à son usage, pareille difficulté est bientôt écartée. On envoie les sujets inférieurs, après les avoir engraissés, à la boucherie, et on réserve les mieux conformés pour la reproduction.

Mais s'il est encore, parmi les Blancs, des cœurs assez pervers, assez dégénérés pour admettre un procédé analogue à l'égard des Noirs, des Rouges et autres races colorées, on pourra se borner à leur répondre : « Prenez garde! ces êtres que vous ne vous feriez pas scrupule de détruire comme des animaux malfaisants ou inutiles, sont déjà les plus nombreux sur cette terre, et ils le seront peut-être bientôt autour de vous.... Donc, si vous ne voulez pas être justes et humains à leur égard, au moins soyez prudents! — Car vous n'êtes pas les plus forts.... »

Cet argument *ad feram* (plutôt que *ad hominem*) réveillerait sans doute les affreux souvenirs de l'insurrection des Noirs de Saint-Domingue ... A ce sujet nous rappellerons un détail qui nous fut communiqué il y a bien longtemps et que nous n'avons pas entendu répéter depuis lors. — A la veille de ce funeste soulèvement il y eut, dans un recoin de l'île, une réunion secrète des chefs du complot ; là, le principal orateur prononça *le discours suivant*. Déposant sur la table une poignée de haricots blancs, il dit d'abord : « Voilà Blancs ! » puis se retournant, il saisit un boisseau de haricots noirs, qu'il vida sur les premiers en s'écriant : « Voilà Noirs ! » Sur quoi tous se levèrent et allèrent préparer leurs poignards et leurs torches.

On objectera peut-être que les Noirs des États du Sud, mieux nourris et mieux vêtus, et surtout moins avancés sous le rapport de l'intelligence, que n'étaient ceux de la colonie française de Saint-Domingue, ne sont pas arrivés à ce degré de mécontentement et de rage. C'est cette conviction qui a enhardi les planteurs américains aux insolentes menaces et à la rupture fratricide dont ils se montrent encore si fiers en ce moment. Mais il y a tout lieu de prévoir qu'ils ne tarderont pas à s'en repentir ; car le bruit même de la lutte ne peut manquer de réveiller, dans la masse de leurs esclaves, ces idées de liberté et d'indépendance qu'ils n'avaient jusqu'à présent à réprimer que chez quelques-uns. Et dès que le moindre doute aura pénétré chez les maîtres sur leur propre sécurité, le sentiment du danger produira certainement parmi eux de rapides conversions.

Alors, ils finiront par comprendre quel a été, sinon leur crime, du moins leur aveuglement, lorsque, voulant obvier au manque de travailleurs noirs dont les menaçait la suppression de la traite, ils ont stimulé et activé par les moyens les plus scandaleux, la multiplication de cette race, qui était déjà un embarras pour l'humanité, avant d'être dangereuse pour eux.

C'est l'Angleterre, il faut le reconnaître, qui, la première, a pressenti ce danger et apprécié cet embarras. Nous-même disions en janvier 1850, dans un écrit où étaient traitées les questions d'*émigration* et de *colonisation* : « L'Angleterre a poursuivi l'abolition de la « traite des Noirs, et ensuite l'abolition de l'esclavage « dans ses colonies, jugeant imprudent d'étendre sur « ses possessions et de favoriser la multiplication d'une « race inférieure, en réduisant d'autant la subsistance « de la race blanche... »

Depuis cette époque, la préférence donnée par l'Angleterre aux coolies de l'Inde sur les Noirs libres, pour la culture de ses colonies tropicales, a paru prouver que ce grand pays persiste à considérer comme funeste la propagation de la race noire hors de l'Afrique.

Nous nous proposons d'exposer un jour comment il est permis d'entrevoir, nonobstant cette condition, la possibilité d'une fusion de cette race dans l'ensemble de l'humanité et dans le courant général de la civilisation. En attendant, nous espérons avoir fait suffisamment ressortir l'importance, pour l'avenir lointain du monde, de cet argument humanitaire, ajouté à tant d'autres, contre l'odieuse institution de l'*Esclavage des Noirs*.

II

QUESTION POLITIQUE.

Sous ce titre, nous nous proposons d'examiner d'abord la question générale qui intéresse la civilisation, ensuite la question particulière, intéressant exclusivement les États-Unis.

1. Ce qui, sous ce rapport, importe au monde civilisé, c'est que la grande expérience d'organisation politique et sociale, entreprise depuis plus de quatre-vingts ans dans l'Amérique septentrionale, ne soit pas interrompue.

C'est dans cette contrée, avant toute autre, qu'a été mis en pratique, parmi la race blanche, le principe chrétien de la fraternité humaine. Jésus avait dit : « Tous « les hommes sont égaux devant Dieu ; » les fondateurs de la République américaine écrivirent dans sa constitution : « Tous les hommes sont égaux devant la loi « civile et politique. » C'était la déduction logique du principe proclamé en 1688 dans la mère-patrie, mais dépouillé ici de toutes restrictions ou réserves en faveur de l'aristocratie héréditaire et du droit monarchique.

Ainsi, pour la première fois après dix-huit siècles, allait être essayée la complète application de cette sublime doctrine ; et cette épreuve, dégagée de toute entrave du passé (sauf l'esclavage des Noirs encore toléré), était destinée à servir un jour de leçon et de règle au genre humain! Jamais, on peut l'affirmer, aussi grande, aussi noble entreprise ne fut tentée, par une association d'hommes, à son profit et au profit de l'espèce entière.

Ce n'est pas que nous prétendions que cette grande expérience, le jour où elle aura complétement réussi, par exemple quand les États-Unis seront parvenus à se purifier de l'esclavage, doive entraîner les autres nations civilisées à adopter immédiatement la forme du gouvernement républicain. L'Europe, placée dans des conditions toutes différentes, ne pourra sans doute aspirer à cette organisation définitive qu'à une époque encore bien éloignée; et les tentatives qui ont été faites en France vers la fin du siècle dernier et vers le milieu de celui-ci, n'ont que trop démontré la difficulté, osons dire l'impossibilité, de construire sur un terrain inégal et encombré, avec les débris de ruines informes, un édifice semblable à celui qui fut élevé sur un sol nu et parfaitement nivelé, au moyen de matériaux de premier choix.

Mais c'est justement parce que les anciennes nations, *les vieux pays*, ne sauraient atteindre que graduellement et lentement à la complète réforme de leurs mœurs et de leurs établissements politiques; c'est parce que la vieille Europe ne peut songer de sitôt à l'exacte mise en pratique des théories sociales puisées dans l'Évangile et successivement professées par les plus grands esprits et les plus grands cœurs qu'elle ait vu naître dans son sein ; c'est parce qu'elle a besoin d'expérimentations qui ne peuvent être faites sur elle-même, et d'un modèle qui ne peut être dressé sur son terrain en l'état actuel ; c'est pour cela que la constitution purement démocratique des États de l'Amérique septentrionale lui offre le plus grand intérêt.

En remontant dans le passé, on reconnaît que parmi les grands fondateurs d'empires et les plus zélés promoteurs du christianisme, Constantin, Charlemagne, saint Louis, Charles-Quint, Louis XIV, etc., il n'en est aucun qui n'ait procédé en contradiction avec la doctrine de Jésus. Le premier, le plus grand applicateur de cette doctrine, a été *Washington.*

Malheureusement, ce grand homme n'osa ou ne crut pouvoir supprimer immédiatement l'esclavage des Noirs, par la crainte d'attenter au principe de la propriété ; et cette plaie, toujours saignante, a été jusqu'à ce jour le plus grand obstacle à la réussite complète de sa magnifique fondation.

Aussi, lorsqu'éclata l'an dernier le conflit entre les États libres et les esclavagistes, tous les cœurs généreux et vraiment chrétiens en Europe éprouvèrent-ils cette impression (si bien décrite dans le beau livre de M. A. de Gasparin) : « Voilà un grand peuple qui se « relève ! »

En même temps, les esprits rétrogrades, les fanatiques du passé, les faux chrétiens, se réjouirent et firent retentir, surtout en France, cet autre cri : « Voilà l'im-

« pie expérience qui échoue, l'établissement démocra-
« tique qui s'écroule ! »

Et pourtant, ce n'est pas seulement dans l'intérêt de la démocratie et de la liberté que cette expérience était utile et le sera de plus en plus. Les principes d'ordre et de conservation n'y sont pas moins intéressés.

Si la République a échoué en France, à deux reprises en moins de soixante ans, ce n'est pas seulement par le fait de la résistance des vieux pouvoirs qu'elle venait remplacer : c'est surtout par suite de ses propres exagérations, de ses écarts.

Or, si les fausses et odieuses doctrines de Babeuf et de ses derniers successeurs ont été réfutées en Europe par les vrais libéraux, mieux encore que par les conservateurs, cette réfutation résulte, bien plus frappante, de l'exemple pratique fourni par les États-Unis, dans la partie libre de ces États.

Nos communistes, égalitaires, partageux, ennemis de la propriété privée et du capital rétribué, ces obstinés théoriciens que n'ont pu convaincre les meilleurs arguments de nos économistes libéraux, auraient certainement été obligés d'abjurer leurs erreurs, s'ils avaient visité les États du Nord de l'Amérique et étudié *de visu*, en présence des faits, les questions qu'ils prétendaient avoir résolues au profit de la démocratie.

Là, ils auraient vu, à moins de fermer les yeux :

1° Que l'entière suppression des priviléges et l'accès ouvert pour tous à toutes les fonctions publiques ou privées, bien qu'améliorant rapidement le sort du plus grand nombre, ne sauraient produire l'égalité absolue, ni même approximative, des conditions sociales;

2° Que la propriété acquise par le travail, c'est-à-dire fruit de la moralité, n'offre aucune analogie avec le vol, acte d'iniquité;

3° Que la rétribution du capital accumulé est à la fois le prix des travaux effectués et la source des salaires du travail actuel.

Et dès lors, ils auraient dû reconnaître logiquement que la plus complète égalité de droits n'implique pas celle des facultés naturelles; que la propriété individuelle est une condition de la liberté; que la gratuité du capital est une chimère, comme la communauté des biens serait à la fois une iniquité et une absurdité.

Maintenant, que ces considérations doivent ou non réconcilier les partisans du passé avec la grande République transatlantique, ce n'est pas ce qui importe le plus. L'essentiel, c'est que l'on comprenne en Europe l'utilité de cet établissement, non comme foyer de propagande, mais comme champ d'expérimentations, dont le développement pourra épargner à l'ancien monde bien des tentatives sans résultat, bien des convulsions désastreuses sans nécessité.

Et c'est pourquoi nous faisons les vœux les plus sincères pour le maintien politique de l'Union, en même temps que pour la libération des Noirs.

2. On a pu penser un moment que la séparation des Etats du Nord et du Sud, que leur reconstitution en deux

Républiques indépendantes, seraient praticables sans dommages de part ni d'autre, ou même à l'avantage commun. A l'appui de cette opinion, on a cité l'exemple de la Belgique et de la Hollande qui, ayant vécu quinze ans réunies en un seul État et fort incommodées l'une par l'autre, se séparèrent après une courte lutte, et depuis lors n'ont cessé de prospérer et de vivre en bonne intelligence côte à côte.

Mais un examen plus approfondi de la situation respective des États libres et des États esclavagistes de l'Amérique a bientôt démontré que leur existence distincte ne pourrait que les rendre réciproquement hostiles et serait préjudiciable aux uns comme aux autres. C'est même de cette conviction, qui a pénétré dans les deux camps, que l'on peut attendre le rapprochement et la fusion plus intime du Nord avec le Sud.

En effet, la sécurité qu'affectent d'éprouver les planteurs de coton vis-à-vis de leurs esclaves, et qui pouvait être sincère avant l'explosion du conflit actuel, doit se trouver aujourd'hui fortement ébranlée, puisque déjà ils se plaignaient de la propagande abolitioniste et de la protection accordée à leurs Noirs fugitifs, au temps où cette protection et cette propagande étaient illégales dans les États libres. Que serait-ce donc le jour où, les deux populations étant désassociées, celle du Nord, n'ayant plus les mêmes ménagements à garder, pourrait, sans violer la loi écrite, prêcher ouvertement l'abolition à deux pas de la frontière esclavagiste et recevoir, sur tous les points de cette frontière, les Noirs échappés, sans que les maîtres osassent la franchir à leur poursuite?

Quant aux moyens que possédaient ceux-ci, pendant la durée de l'Union, pour contenir leur troupeau humain; quant à l'appui trop complaisant que leur prêtaient, à cet effet, leurs confédérés du Nord, contre leur conscience et dans le seul but de maintenir cette union; il serait superflu de les exposer en détail, chacun a pu s'en faire une idée en lisant le livre si expressif de Mistress Beecher-Stowe et la lugubre histoire du martyre de John Brown.

On peut donc aisément se figurer quels changements la séparation apporterait à cet état de choses, et combien serait précaire désormais la situation des propriétaires d'esclaves, à chaque instant menacés de ruine par l'évasion de leurs Noirs, ou de destruction complète par leur insurrection!

De leur côté, les États du Nord, qui sont manufacturiers et dont le principal revenu consiste dans le produit de leurs douanes, se verraient menacés sur cette même frontière, s'étendant de l'Atlantique aux Montagnes-Rocheuses, *par la contrebande*, qui s'organiserait avec les plus grandes facilités sur toute la ligne du Sud, et porterait un notable préjudice au trésor public, au commerce et aux manufactures du Nord.

Les États séparés se trouvant ainsi réciproquement vulnérables, chaque jour verrait naître entre eux des conflits, des collisions violentes, d'où résulterait tôt ou tard la guerre.

Mais les causes morales seraient plus puissantes encore que les intérêts matériels pour entretenir et accroître l'animosité, pour ramener fatalement l'hostilité entre les deux nations.

Tandis que l'une, enfin libérée de ce hideux fardeau, qui tendait sans cesse à l'abaisser, à l'entraver dans ses plus nobles élans, se relèverait fièrement et reprendrait avec bonheur sa marche accélérée dans la voie du progrès politique et social, à l'applaudissement du monde entier, l'autre, se posant sans pudeur en champion de la plus honteuse des institutions humaines, s'efforçant par les sophismes les plus effrontés de légitimer l'oppression d'une race infortunée, serait désormais en opposition flagrante, en rupture ouverte avec la civilisation chrétienne.

Il est évident qu'aucune communauté de sentiments, de principes politiques, moraux ou religieux, ne pourrait subsister entre deux peuples engagés dans des voies aussi opposées. L'antipathie serait donc la conséquence inévitable de leur séparation ; leurs rapports ne pourraient aboutir qu'à la guerre.

Ils le comprennent sans doute l'un et l'autre ; c'est pourquoi nous croyons cette séparation impossible. Et lors même qu'elle aurait lieu prochainement, nous demeurerions persuadé qu'elle ne saurait être durable.

Lorsque nous avons vu le président Lincoln, à peine installé, demander au congrès fédéral un crédit de 400 millions de dollars pour les besoins de la guerre qui venait d'éclater, et lorsque le congrès en a voté

500 millions, c'est-à-dire plus de *deux milliards et demi de francs*, nous avons compris qu'il devait y avoir, entre les deux pouvoirs fédéraux, une arrière-pensée, et que cet énorme capital aurait sans doute une toute autre destination que celle qui servait de prétexte à son émission officielle.

En effet, quiconque a connu les États-Unis, quiconque a pu apprécier la répulsion générale des populations et du gouvernement de ce pays pour la guerre, soit comme effusion du sang humain, soit comme absorption improductive de la richesse publique et privée, ne pouvait admettre qu'une aussi exorbitante demande de fonds, *pour la guerre*, osât se produire sérieusement devant le congrès, et encore moins que le congrès l'accordât sans discussion, surtout en outrepassant de la bagatelle de 500 millions de francs le crédit réclamé !... Série de faits inouïs dans l'histoire du gouvernement représentatif, même en Europe.

Or, l'arrière-pensée qui expliquerait ces faits incroyables, c'est qu'un crédit de cette importance, mis à la disposition du pouvoir exécutif, lui fournirait le moyen non de faire une guerre prolongée, mais de l'éviter et de la terminer prochainement, en étant appliqué au rachat des Noirs, c'est-à-dire alloué aux États du Sud à titre d'indemnité pour l'abolition de l'esclavage, cette horrible cause de la guerre civile.

Il y aurait là, certes, de quoi réhabiliter dans l'opinion publique le système, ailleurs décrié, *des virements*. Et là comme ailleurs, une grande nation ne répugnerait pas à s'endetter pour des milliards, quand ils devraient servir à l'affranchissement, à la libération d'une race opprimée.

Ce n'est que rendre justice à Mr Lincoln et au généreux parti qui l'a porté à la Présidence, que de leur attribuer ces nobles intentions; et s'il ne leur a pas convenu de les déclarer hautement dès les premiers moments de la rupture, on sait qu'ils les ont préméditées depuis longtemps. Leur exécution ne saurait donc présenter d'incertitude que sur l'époque et sur la forme de la transaction.

A l'appui de cette manière d'envisager l'affaire américaine, on peut citer la lenteur, tant reprochée au gouvernement fédéral, de l'organisation de son armée destinée à réprimer la rébellion du Sud; et encore, le soin apporté par ce gouvernement (même après un premier échec, à Bull's Run, qu'il lui importait de faire oublier), à éviter une *grande bataille*, tant de fois annoncée dans les journaux d'Europe comme prochaine et inévitable, mais qui, en jetant le deuil dans un grand nombre de familles des deux parts, quel qu'en eût été le résultat, aurait multiplié les animosités particulières et accru ainsi les difficultés du rapprochement définitif.

La presse batailleuse des pays neutres, en attribuant cette réserve à l'impuissance ou au manque de courage de l'armée fédérale, n'a certainement pas fait preuve de justice ni de discernement. — Ce n'est pas que les publicistes et les écrivains les plus éminents de l'ancien monde ne reconnaissent chaque jour que la guerre est un fléau, une institution barbare, et ne fassent des vœux sincères pour son abolition, ou d'abord pour l'amoindrissement des désastres qu'elle entraîne. Mais aussitôt que le tambour bat quelque part et que la trompette sonne, ces voix philanthropiques ou philosophiques sont couvertes par les exclamations belliqueuses de la presse à moustaches ; les feuilles périodiques préparent leurs premières colonnes pour les bulletins des armées en campagne, et elles trouvent pitoyable de n'avoir à y insérer que des détails d'escarmouches. — En France pourtant, on ne devrait pas avoir oublié ce qu'écrivait Lafayette, de ce même pays, pendant la guerre de l'Indépendance : « Je vois « ici journellement les plus grands intérêts de l'huma- « nité se décider par des affaires d'avant-postes..... » Ce n'est certes pas un regret qu'il exprimait, et lui comme Washington, même en combattant les ennemis de la plus noble cause, étaient loin d'éprouver les sentiments de certains généraux d'Europe, qui évaluent le mérite de leurs victoires d'après le nombre des morts qu'elles ont coûté.

Nous citerons aussi, comme ayant été mal interprété par certains journalistes, le fait du rappel du général Frémont par le gouvernement fédéral, pour avoir proclamé, en entrant dans un État à esclaves, que tous les Noirs, même non armés, seraient confisqués et soustraits à leurs propriétaires.

On n'a pas manqué de reprocher au président Lincoln cette destitution d'un officier supérieur qui venait de se distinguer par plus d'un succès et par sa libérale proclamation, comme une preuve de faiblesse et de honteux ménagement pour l'odieuse institution que lui-même condamne autant que personne.

M. Lincoln avait par avance répondu à ce reproche, en motivant le rappel du général Frémont sur ce que celui-ci avait empiété sur les droits du Congrès; et certes, nul ne fera un crime au chef d'un État libre de tenir compte des décisions de la représentation nationale plus que des siennes propres, ou de celles du général le mieux intentionné.

Outre la question hiérarchique, il faut observer que cette manière de procéder à l'affranchissement des Noirs, par voie de confiscation, c'est-à-dire en écartant la condition d'*indemnité* en faveur des maîtres dépossédés, aurait rendu toute transaction désormais impossible entre le Nord et le Sud, c'est-à-dire qu'elle prolongerait indéfiniment la guerre, et serait un obstacle insurmontable à ce rapprochement, à ce retour à l'Union par la libération consentie, qui est le vœu le plus cher et le plus humain du gouvernement fédéral.

C'est en accomplissant ce vœu que le président Lincoln méritera d'être appelé le continuateur direct de Washington, l'exécuteur définitif de son œuvre, au profit de son pays et du monde!

III

QUESTION ÉCONOMIQUE.

Nous avons porté ce point de vue en dernière ligne, quoique aux yeux de bien des gens ce soit là l'aspect le plus important de la question américaine. Sans admettre cette manière de voir, nous conviendrons que c'est là que se présentent les arguments les plus spécieux en faveur du Sud, ou du moins les considérations qui peuvent lui servir d'excuse.

1. Voici en quoi consistent ces considérations et cette argumentation que nous allons discuter : — « Nos terres, disent les planteurs de coton, ont une « grande valeur, à la condition d'être convenable- « ment cultivées. La race blanche étant incapable de « se livrer à cette culture sous le climat tropical, nous « avons dû employer des noirs, et les contraindre au « travail, auquel ils ne se plient qu'involontairement. « — Maintenant, si nous licencions nos travailleurs « noirs, comme le demandent les abolitionistes, nous « perdrons non-seulement l'énorme capital qu'ils nous « ont coûté, mais encore le prix de nos terres, dé- « sormais improductives et dépourvues de toute va- « leur. Ainsi, nous allons, nous et les nôtres, et toutes « les populations qui nous entourent, y compris les

« Noirs eux-mêmes, nous trouver réduits à la plus « complète misère, et bientôt à mourir de faim..... « sans compter que les manufactures de l'Europe et « de l'Amérique manqueront en même temps de « coton. »

On ne saurait disconvenir que cet exposé de la situation a quelque chose de saisissant. Il n'est pourtant pas difficile de le réfuter.

1° En admettant (ce qui a été contesté) que la race noire soit seule capable de cultiver les terres dans la région riveraine ou voisine du golfe du Mexique, il reste certain que cette race, à l'état libre, remplirait pour un salaire l'office auquel on la contraint aujourd'hui par la violence et sans équitable rétribution. Tout doute, à cet égard, a disparu depuis l'expérience d'émancipation des Noirs dans les colonies anglaises et françaises des Antilles.

2° Mais un expédient a été trouvé, comme pour répondre à toutes les objections possibles sur l'incertitude du travail volontaire des Noirs, sur l'exagération éventuelle du taux des salaires, enfin sur l'insuffisance des travailleurs libres pour l'extension projetée des cultures; expédient qui non-seulement coupe court à ces difficultés prévues, mais qui présente des avantages bien supérieurs à tous ceux que l'on attribue au travail forcé et à la multiplication la plus active du *bétail noir*, sans entraîner aucun vice ou inconvénient analogue, matériel ou moral.

Cet expédient, ou plutôt ce moyen parfaitement

rationnel, dont la valeur est démontrée, constatée en Amérique aussi bien qu'en Europe, c'est l'invention et l'emploi en agriculture des machines et instruments perfectionnés, mus par la vapeur.

Avec ce moteur et ces machines, dont chacune remplace des centaines de paires de bras, tous les travaux agricoles, défoncements, labours, ensemencements, binages, abattage et enlèvement des récoltes, et autres œuvres accessoires, sont exécutables avec plus de célérité et de perfection, et surtout avec une notable économie, en n'exigeant pour leur direction qu'un petit nombre d'ouvriers, ou plutôt de mécaniciens-conducteurs, dont l'intelligence est utilisée sans fatigue des bras et des muscles ; de sorte que, quelle que soit la couleur de leur peau, les ardeurs du climat ne sauraient leur être insupportables et les éloigner de leur fonction.

Devant ce nouveau système de culture tombent, comme on voit, toutes les objections élevées, toutes les difficultés signalées, tous les arguments avancés pour soutenir la nécessité du maintion de l'esclavage des Noirs.

C'est depuis l'exposition de Londres, en 1851, que les machines agricoles à vapeur ont acquis leur réputation dans le monde; et quoique déjà utilisées en Europe, on peut dire que c'est surtout pour la partie Sud des États-Unis qu'elles ont été inventées; car si, chez nous, elles doivent contribuer au soulagement des classes agricoles, libres mais souffrantes, dans les États à esclaves elles auront pour effet de sauver toute une race d'hommes de l'état d'abjection et d'abrutissement où elle était retenue, infortune pour elle, crime pour ses oppresseurs, honte pour l'humanité !

A ces bienfaits dont l'ordre moral et l'ordre politique seront redevables à la mécanique assistée de la vapeur, on peut ajouter les profits qui suivront dans l'ordre économique, l'extension indéfinie de la culture du coton et autres plantes tropicales et l'abaissement du prix de ces produits, dont la consommation s'accroîtra en proportion, pour le bien-être des classes les moins fortunées en Europe, en Amérique et sur tout le globe.

2. A ceux qui trouveraient choquante cette prétention de résoudre par des moyens matériels une question que nous avons nous-même qualifiée d'*humanitaire*, nous rappellerons que d'autres inventions industrielles ont exercé une influence analogue, ou plus grande encore, sur la marche de la civilisation.

Ainsi, l'invention (ou l'importation) de la poudre de guerre a puissamment contribué à la chute de la Féodalité.

L'invention de l'imprimerie a activé, plus que toute autre cause, l'affranchissement de l'intelligence chez les peuples de l'Europe.

Quant aux bateaux à vapeur, aux chemins de fer et au télégraphe électrique, ce sont des inventions trop récentes pour que les effets en soient généralement et complétement appréciés ; mais, dès à présent, on peut, sans trop de présomption, les signaler comme destinées à accélérer cette *fusion des diverses races* composant l'espèce humaine, qui jusque-là pouvait être taxée de rêverie.

D'ailleurs, ce n'est pas d'aujourd'hui que la question de servitude serait directement influencée par quelque découverte de la mécanique, ou par d'autres circonstances de l'ordre économique, notamment intéressant l'agriculture.

Et d'abord, nous citerons l'établissement du servage en Russie, concédé à la fin du seizième siècle par Boris Godounof, afin d'assurer les récoltes, c'est-à-dire les revenus des Boyards propriétaires du sol moscovite, lesquels se voyaient menacés chaque année (à la saint Georges) de la désertion de leurs travailleurs, jusqu'alors libres, ou du moins engagés pour un an seulement aux travaux des champs.

Mais revenons à l'esclavage des Noirs. On sait qu'en Amérique cette institution est étroitement liée à la culture du coton. Or cette culture pendant longtemps ne parut pas susceptible d'un grand développement, à cause de l'imperfection des procédés employés pour la préparation de ce lainage dans le pays même où il était produit, et des procédés de filature et de tissage dans les pays de fabrication. Les tissus de coton, par suite de leurs prix élevés, étaient considérés comme étoffes de luxe et d'une consommation très-limitée.

Ce fut vers la fin du siècle dernier, qu'un ouvrier écossais, Witney, établi en Amérique, inventa une machine perfectionnée pour faciliter la séparation de cette matière filamenteuse d'avec la graine qu'elle enveloppe; ce qui procura aussitôt aux planteurs une grande économie de temps et de main-d'œuvre.

En même temps, de merveilleuses machines à filer le coton étaient inventées en Angleterre, puis les métiers mécaniques à tisser; enfin, la vapeur étant appliquée comme moteur à ces ingénieux appareils, les cotonnades mieux fabriquées et en même temps vendues à prix réduits devinrent bientôt des étoffes de consommation usuelle, accessibles aux classes les moins riches et les plus nombreuses de la population européenne. C'est ainsi que la demande de ces tissus, toujours croissante, provoqua de plus en plus l'extension de la culture du coton, et celle-ci exigea un plus grand nombre de travailleurs noirs.

Rien n'est donc plus naturel que de substituer aux rudes labeurs de ces malheureux les mêmes locomobiles agricoles qui, en Europe, servent à remplacer la force des bœufs, des chevaux et des mulets. Dans l'ancien monde, c'est un profit; dans le nouveau, il y aura justice et profit.

3. Ces détails expliquent comment les fondateurs de la constitution américaine avaient pu se flatter, en tolérant l'esclavage anciennement établi, que son maintien ne serait que provisoire et que cette plaie de la nouvelle République ne serait pas longtems incurable. Loin de prévoir l'extension des cultures tropicales, ils s'attendaient à les voir bientôt faire place à une agriculture libre et d'autant plus productive.

C'est ce qui arriva en effet dans les États du Nord,

et ensuite dans ceux du centre jusques et y compris la Pensylvanie, où l'esclavage fut successivement supprimé et où les immigrants européens sont venus remplacer avec avantage le travail forcé des Noirs, à mesure de libération ou évacuation de ceux-ci.

Mais nous avons exposé ci-dessus comment le mal s'aggrava au Sud, tandis qu'il disparaissait dans le Nord et dans une partie du Centre.

Quant aux États intermédiaires, ceux qu'on appelle États limitrophes (Border States), voici quelle était leur condition il y a vingt-cinq ou trente ans.

Sous le régime du compromis du Missouri, le nombre total des États composant l'Union devait rester divisé en deux parts égales : une moitié libre, l'autre autorisée à entretenir des esclaves; de manière que les sénateurs, élus au nombre fixe de deux par chaque État, se trouvassent exactement partagés, et que ce corps servît ainsi de modérateur en cas de désaccord menaçant dans l'assemblée des représentants, dont les membres sont élus en proportion de l'étendue et de la population des États qui les nomment.

Il résulta de cette combinaison, adoptée dans l'intention d'écarter toute chance de rupture de l'Union, qu'à l'époque dont nous parlons, l'esclavage se trouvait *légalement* maintenu dans divers États (Delaware, Maryland, Kentucki, Virginie, Nord-Caroline), où l'agriculture était déjà en voie de se régénérer, c'est-à-dire où l'emploi des Noirs cessait d'être nécessaire et même profitable. Ainsi, l'odieuse institution y était maintenue *de droit*, quoiqu'elle tendît à s'y éteindre *de fait*.

Ayant parcouru, en 1836, ces États mixtes, qui semblaient alors prêts à se défaire de leurs Noirs pour recevoir les colons européens, à l'exemple des États du Nord et du Centre libérés de fait et de droit, nous nous crûmes d'autant plus fondé à considérer cette tendance comme un acheminement vers l'abolition complète de l'esclavage aux États-Unis, que nous eûmes connaissance d'une étude agronomique publiée cette même année dans un journal local (et que nous regrettons de ne pouvoir citer ici que de souvenir), où se trouvait consignée cette importante observation : — que les cultures esclavagistes, coton, sucre, tabac, devenaient impossibles, c'est-à-dire improductives, après quarante ans d'exploitation dans le même sol. Dès lors, ces terres épuisées n'étaient plus propres qu'à la production du blé, du maïs et autres grains, par les méthodes européennes, — c'est-à-dire qu'elles ne conservaient leur valeur qu'autant qu'elles étaient exploitées par des travailleurs libres.

De retour en France en 1837, nous eûmes l'occasion de communiquer ces faits et les conclusions que nous en tirions à l'éminent économiste Pellegrino Rossi, alors à Paris, lequel les accueillit avec la plus bienveillante approbation. Nous lui disions : « L'esclavage en Amérique n'est plus qu'une *question d'assolement*. Après quarante ans de servitude, la terre y réclame la liberté. Ainsi les esclaves noirs seront successivement refoulés vers le Sud et le Sud-Ouest ; et quand même leur masse ne serait pas diminuée par le fait de cette concentration, comme le nombre des États *réellement intéressés* ira toujours en décroissant, les votes dans le Sénat, au lieu de rester partagés par moitié, seront bientôt réduits, en réalité, à un tiers ou un quart en faveur de l'esclavage, contre deux tiers ou trois quarts plus ou moins hostiles à cette institution, qui ne peut manquer de crouler devant une telle majorité. » — Bravo! s'écria le grand libéral italien; voilà la fin de cette abomination assurée!

Malheureusement, cet espoir fut déçu par l'effet d'une spéculation que nous n'avions pas prévue et dont nous fûmes plus tard informé.

Les États mixtes, *Border States*, après avoir essayé sans beaucoup de succès d'employer leurs Noirs retirés de l'agriculture à des travaux manufacturiers, s'avisèrent de les affecter à une destination plus lucrative, à la reproduction! — A cette époque, un Noir bien conformé valait déjà environ 3,000 francs; et le prix de ce bétail a été toujours croissant, puisqu'on le dit aujourd'hui de 5,000 francs par tête. Les propriétaires ont donc trouvé leur compte à le faire multiplier pour le revendre, se transformant ainsi de planteurs en éleveurs. Et comme le débouché était toujours assuré dans les États voisins, encore adonnés aux cultures par eux abandonnées, la conformité d'intérêts s'est rétablie entre eux; c'est pourquoi l'on voit aujourd'hui, dans les États mixtes, un certain nombre de propriétaires, généralement influents, quoique en minorité, qui défendent la cause de l'esclavage, dans un but *commercial*, aussi vivement que ceux du Sud sous prétexte d'agriculture.

Ainsi, ces Border States ont d'abord hésité et sont encore plus ou moins divisés sur la question de séparation. La plupart, situés sous un climat tempéré, n'ont pas à redouter de perdre, par l'abolition, le revenu de leurs terres; mais les éleveurs frémissent à l'idée de voir cesser les profits de leur infâme trafic.

Quant aux planteurs du Sud, à défaut de cet élevage à leur portée, ils n'auraient d'autre ressource, pour continuer et étendre leurs cultures suivant le mode actuel, que dans le rétablissement de la traite sur la côte d'Afrique, restauration que ne permettraient l'Angleterre ni la France, non plus que les États du Nord de l'Amérique.

4. Après avoir examiné la question du coton au point de vue américain, c'est-à-dire de la production, il convient de la considérer au point de vue européen, c'est-à-dire de la consommation.

Dans les journaux du continent, même en France, on a traité parfois cette question avec une sorte de dédain qu'elle ne mérite pas. Sans doute elle n'est qu'accessoire, comparativement à la question humanitaire et à la question politique ci-dessus exposées. Cependant elle se rattache à des intérêts qui ne sont pas purement matériels; lorsque l'on s'inquiète de savoir si l'approvisionnement de coton sera restreint ou accru dans l'avenir, il s'agit d'autre chose que des bénéfices des armateurs de Liverpool, du Havre ou de Hambourg, et des profits des manufacturiers de Manchester et de Glascow, de Rouen et de Mulhouse, d'Elberfeld et de la Bohême.

Ce qui se trouve plus directement mis en jeu, c'est le salaire des ouvriers des filatures, tissages et teintureries, c'est-à-dire le bien-être de millions de familles, qui vivent de leur travail appliqué à la fabrication des cotonnades et toiles peintes, et qui souffrent de la faim dès que le travail vient à leur manquer. Au contraire, on conçoit que lorsque la matière première abonde, le travail étant plus demandé, il y a chance d'élévation du taux des salaires.

Et ce n'est pas tout; car ces considérations seraient également applicables aux autres matières textiles, telles que la soie, le lin, la laine, dont les ouvriers peuvent se trouver dans des situations analogues. Mais le coton offre un intérêt de plus; c'est qu'en outre du travail qu'il procure aux classes ouvrières, il est le principal article *de consommation* de toutes les classes pauvres, comme vêtement.

Si, par exemple, on évalue ces classes trop nombreuses en Europe à 100 millions, il n'est pas dans ce nombre un individu que l'abaissement du prix des tissus de coton n'intéresse, à qui il ne permette d'en consommer davantage, contribuant ainsi à la salubrité et à la propreté des masses. — Que la baisse ait lieu sur les autres tissus, les classes riches ou aisées en profiteront presque seules.

Sans doute, dans les États libres de l'Amérique du Nord, les classes populaires portent la soie, les draps fins et les toiles de lin ; mais dans notre Europe, ce luxe sera longtemps encore interdit aux travailleurs des deux sexes, et l'on peut donc considérer le coton comme l'objet de commerce qui, après les denrées alimentaires, peut influer le plus directement sur le bien-être du peuple dans le vieux monde. Il semble qu'au lieu de le qualifier de *roi coton*, on l'aurait mieux appelé le coton démocrate.

Quant aux efforts qui ont été faits depuis un an par l'industrie commerciale et manufacturière, en Angleterre, pour activer la production du coton dans l'Inde et pour l'étendre en Afrique, afin de pouvoir suppléer aux importations suspendues de l'Amérique, si ces efforts réussissent, l'Europe n'aura qu'à s'en féliciter, puisque cet article ne saurait *surabonder*.

En même temps, la concurrence des nouveaux produits, obligeant les planteurs des États du Sud à abaisser leurs prix de vente, devra opérer comme un stimulant pour les décider plus promptement à changer leurs procédés de culture, c'est-à-dire à employer de préférence les machines agricoles à vapeur, beaucoup plus économiques que le travail humain, même non salarié.

Ainsi, qu'une locomobile du prix de 30 à 40,000 fr., et coûtant 10 à 12,000 francs par an de frais d'entretien, fasse le travail de cent Noirs, qui ont une valeur ensemble de 500,000 francs et qui exigent au moins 36,000 fr. de dépense annuelle pour nourriture et vêtements, évidemment les récoltes reviendront beaucoup moins cher aux planteurs; ils pourront donc les vendre à bien plus bas prix, tout en se réservant un plus fort bénéfice, ou revenu net.

Que si, au contraire, ils s'obstinaient à maintenir le travail forcé et parvenaient à opérer la séparation, leur prix de revient restant le même que par le passé, et leurs produits rencontrant sur les marchés d'Europe la concurrence des cotons de l'Inde et autres, ce prétendu succès qu'ils auraient obtenu entraînerait tôt ou tard leur ruine comme planteurs.

Or, l'esclavage devenant onéreux à ceux qui l'exploitent, ils devront s'estimer heureux d'obtenir, en transigeant avec les États du Nord et pour prix de leur retour à l'Union, une indemnité quelconque, ne fût-elle que de 500 fr. par tête de noir émancipé (1), somme plus que suffisante pour acheter les machines destinées à remplacer ce bétail humain; assurés, en outre, d'une réduction de moitié ou des deux tiers sur leur fonds de roulement, ou dépenses annuelles pour leurs cultures.

(1) Ce qui, pour 4 millions, ferait un total de 2 milliards de francs.

CONCLUSION.

Nous résumerons brièvement ce que nous venons d'exposer sur les trois aspects de la question des Blancs et des Noirs en Amérique :

1° Sous le rapport humanitaire ou moral,

Quelque profonde que paraisse l'erreur des États du Sud relativement à l'odieux de leur position et aux dangers qu'elle présente pour eux-mêmes, il est permis d'espérer qu'une nation, civilisée du reste et professant le christianisme, reconnaîtra cette erreur, qu'elle se convertira.

2° Sous le rapport politique,

L'impossibilité de vivre, comme ils le prétendent, *indépendants* et *en paix* avec les États du Nord séparés, doit devenir pour eux de plus en plus évidente et les convaincre de la nécessité de rentrer dans l'Union.

3° Sous le rapport économique, ou des intérêts matériels,

Ils reconnaîtront également que ces intérêts mêmes leur commandent de renoncer à l'esclavage des Noirs, qui a *fait son temps* comme moyen de culture, du moment qu'un procédé a été découvert, à la fois plus facile (sauf la période de transition), moins dangereux et plus économique.

D'où nous concluons que la seule solution *définitive*, ou même durable, qu'il soit possible de prévoir de ce malheureux conflit, c'est le retour de tous les États à l'Union, avec abolition de l'esclavage des Noirs, contre indemnité au profit des maîtres dépossédés.

Paris. — Typographie de Ad. Lainé et J. Havard, rue Jacob, 56

DU MÊME AUTEUR :

CHEZ LES MÊMES LIBRAIRES, A PARIS ET A LONDRES,

LA PAIX EN EUROPE

PAR

L'Alliance Anglo-Française.

Deuxième tirage avec une nouvelle préface.

Prix : [illegible]*es.*

Paris. — Imprimerie de Ad. R. Lainé et J. Havard, rue Jacob, 56.

www.ingramcontent.com/pod-product-compliance
Ingram Content Group UK Ltd.
Pitfield, Milton Keynes, MK11 3LW, UK
UKHW020451230726
13925UKWH00005B/1868